子供達に夢を、そして愛

Dreams and love for children

田 龍太郎 DEN Ryutaro
田 龍彦 DEN Tatsuhiko

文芸社

叫び

僕達はどこへ行くの
大人は僕達のこと考えているの
戦争で子供達が殺されているのに
何も考えない大人は怖い
僕達に未来はあるの
教えて下さい
どこに行ったらいいの

田　龍彦

もくじ

まえがき

これは、孫達の年代の切実な声、悲痛な叫びとも言えるものをまとめたものである。

日本はデフレ、円安、物価高で、大きな会社と金持ちは増々利益を生み、庶民は反面生活が苦しくなっていると、孫達に伝えている。

「貧富の差が、限りなく広がっている。危険なことだよ」

それだけでなく、世界を見ると戦争があちこちで始まり、罪のない子供達が殺されている。

孫達は次々に質問を投げかけてくる。

「世界が大変なことになっているのに、日本政府は何をやっているのだろう」

「双方の話を聞きながら、戦争を中止するよう、日本の立場を主張してでも止められないのはなぜなの」

「日本はなにもせず、ただヘラヘラしているとしか僕には思えない」

「パパやママは、何にも言わない。諦めているのかなあ」

「だから時々、ジジの話が楽しみなんだ」

「ジジのことを『おじいちゃん』とか言わないのは、周りのおじいちゃんとは違って、しっかり胸張って歩いているからだよ。だからいつまでも『ジジ』と呼ぶんだ」

孫が小学生の時に私は大病で緊急入院をし、一時、自分のことが全く分からなくなってしまったことがある。

そんな時、孫の親、つまり私の子供達は、孫のいるところでも私の葬式の相談をしていたらしい。

あとで聞いたが、家内も、列席者まで考えたというから驚きだ。自分は全く自らのことも知らなかった。見舞客も帰り道に「もう無理だね」とまで言っていたらしい。

「ジジ、壊れてしまったね。でもママ、壊れたら治るよね」

私はそんな孫の言葉だけが聞き取れた。そして元気をもらい、一か月後、死に物狂いでリハビリに耐え、奇跡的に復活し退院することができた。

私は、この時こそ、「おじいちゃん」と言われていたら生還しただろうかと思うとぞっとした。

だからいつまでも「ジジ」と呼ばれ、頑張れるんだ。

いつも元気で、毎日動き廻っている姿を、孫達に見せている。だから孫は「ジジ」と呼ぶ。

孫は最近、僕のところに来て、よく政治について質問してくることが多くなってきた。

孫は現在、中学校で生徒会の役員をやっていて、真剣に、委員会で討論をしているということだ。

だから怖いほど、今の世の中のこと、政治のことをたくさん質問してくる。ジジにとっては、答えようがない問題もあって、困ってしまうこともある。

一緒にテレビを見たり、新聞の社説を解説したり、読書欄の声を読んだりした時などは、二人で涙することもある。

この本は、基本的には孫の視点で、孫がジジ（筆者）や友人達と会話をしたり、一緒にテレビや新聞を見て話し合ったりした、正直な感想、切実な願い、不満、不安や、将来の日本を考え、大人達への叫びを記したものである。

一、日本は今

僕がジジと二人だけの会話から少しずつ分かったこと。

まず自己紹介をするね。

僕は中学二年生、学校では生徒会の書記次長をやっているんだ。

全校生徒は六〇〇人足らずの小人数の中学校。

来年は書記長には決まっているけど、生徒会長に立候補しようと思っている。

会長になると、議案を作って、常任委員会、代議委員会の二つの委員会を通すことになるんだ。

そこで、質問には真面目に答えないと、いつも揉めるんだ。

生徒会幹部は、間違いは真剣に謝る、そうしないと二つの委員会が通らない。

あと一番大変なのは、予算を決める時なんだ。

各クラブ活動費は、少ない予算から配分するんだけど、なかなか決まらず、夜遅くなることもあるんだ。

「そうか、大変なんだね」

「そこで僕は、いい加減な国会と同じような生徒会だったら、すぐ解散になるんだと思った」

「こんな国会、小学生にも通用しないよ」

「すごいね、真剣に議論しているんだね」

「そうなんだ。ヘラヘラしていたら、すぐツッコまれるんだ」

◆

孫達に接していて、勉強の他にこんな真剣な生活をしていると思うと、彼らは本当に日本のことを考えてくれるかも知れないと頼もしいと思う。

出来るだけ応援しようと思うようになった。

本当に子供達は、今の世の情勢をよく見て判断している。すごいことだ。

彼等の年代が、必ず日本に光を見出してくれることを期待したい。


孫の両親の日常は忙し過ぎて、デジタルに追われ、イエス・ノーが早いだけ。頭の中で考えて発言する余裕がない。

新聞やテレビもあまり見ない。政治のことなんか、怖いくらいに無関心だ。だから孫達にゆだねることが多くなる。

僕はいつも、デジタルだけでは国民の命を救えないと思っている。能登半島は数十万年前から島が隆起を繰り返している歴史があり、特殊な、複雑難解な土地（地層）である。

昔を知っている地元の方と行政が綿密な討議をする必要があった。それを、何の考えもない国交省のＣＰが建物を崩壊し、住民の命を奪ったとも言える。基礎の構造は地層（歴史）との関係性が大切だが、それを全く考えていなかったのが原因で、多くの建物が基礎から崩壊したのである。

国交省は七十年間何ら考えず、木造の基礎は進歩していない。布基礎という、最も壊れやすい構造をいまだに取り入れているから驚きだ。

建築家の中にも、上屋の耐震性だけ見ていることが多い。「基礎の研究が最も大事である」ことを調べないのは危険である。

二、国会は政治家の仕事？

これもジジと二人だけの会話から少しずつ分かったことだ。

ジジと一緒に国会中継を見ている。

「質問者が質問をしているのに素知らぬ顔。ただメモを見て下を向き決して相手を見ていない。質問を受けている議員、失礼だよね」

質問に答える大臣は、真面目に答えず、関係ない話を長々、くどくどと続け、最終的に時間切れで、質問者は仕方なく演台から下りる。

「騙されたまま、嘘つき大臣の答えをどうして追及しないんだ。腹立つよ」

この大人達は、嘘つきが分かっていて、どうして追及できないんだろうか。何の結論も出ないまま国会が終わってしまうのもおかしい。

僕達の生徒会では、全く考えられない。

「顔を見れば、大臣達に、正直そうな人はいない。しっかりした口元の人もいない。みんなうつろな顔をしてる。こんな人によく政治家が務まるなあ」

「ジジ、どうしてこんな人間が大臣なの？」

「それは、日本の国民に対し一欠片《かけら》の愛情もないから。あるのは票と金。それが頭から離れない。愛はないし知らないんだね」

テレビを見ていたジジは、新聞紙を丸めてテレビを叩いたり、時にはテッシュを丸めて、嘘つき大臣を目がけて投げたりして怒っていることもある。そんな正直なジジが大好きだ。

こんな後にすごい質問者が登場した。

多分共産党議員と思う。

「総理、これほど、国民を苦しめている。

国民の怒りの声が聞えますか。

総理、以前から国民の声を聞くと言っていながら、全く聞いてないじゃないですか。

国民は本当に怒っているんですよ。

総理、分かりますか」

僕は今の総理大臣が大嫌いだ。口から出任せばかり。僕らから見ても国民を騙しているのがよく分かる。

いつも表情を出さず、同じような顔で、質問には全く触れず、しっかりと丁寧に説明すると言いながら、全然説明不足。日本語が分からないのではと思うぐらいだ。

ヘラヘラ、能面。日本では国民をごまかし能面でも、海外に行くと愛嬌をふりまき、金をばら撒く。これほどまで口から出まかせで、平気で嘘を吐く人間はいるだろうか。

大人は騙せても、僕達子供は許さない。

「ジジ、どうしてこんな人が、政治家と言えるの？」

「それはね、一言で言えないが、今の自民党は金集めがうまい。そして、その金で、人気者の有名人とか、役所の偉くなった人を国会議員の候補者にし、関係のある団体や大企業、資産家から票を集めるなど実に得意技があるんだね」

選挙になると、この政党が圧倒的に強いのはなぜか、国民に考えてもらいたいね。

それと、キャッチフレーズが、ジジから見るとバカバカしいと言う。具体的に言えないから、小泉チルドレンとか、郵政民営化とか、アベノミクスとか。言っている本人達こそ一番意味が分からないのかもしれないけれど。

「国民は、野党がいろいろ考えて並べたものより、公約も短いから分かり易いと言ってだまされることもあったんだ。

選挙が近くなると、メディアを使って危機感を募らせたり、勝つためにあらゆる手を使うんだ。大企業・資産家が味方だから、選挙の票集めは凄いんだ。

今回の『裏金屋さん』は、辞職する程の責任があるが、『みんなやってるもん』の世界だね。しかし、懲りずにまた立候補するんだ。

反省したフリをして、土下座して嘘泣きして危機感をあらわにし、そんな姿を見せて同情票を狙うんだ。そして国民は騙され、また投票してしまうんだ。

腹が立つ人間（タヌキ）が多過ぎる。

国民こそ目覚めて変わらなければならない。人間性を見破るぐらいの力をつけなきゃ、いつになっても日本は変わらないよ」

ジジからすると、今の国会議員は、善か悪を考えると「悪」だ、ということらしい。

彼らは議員になる前は、コネで大企業に入って、それほどの仕事をして来たとは思えないやつばかりだ。就職試験を受けて入社し、下働きから必死に仕事をやっている人が少ない。

親が政治家を引退する前にその秘書になり、いわゆる「世襲候補」となって、楽々当選する。

「後援会、親の名、そして財産も無税で相続するんだ。だから楽々なんだよ。そんな人間が庶民のことを考える訳がないと思わないか？」

分かろうとする訳ないよね。

本当に困ったもんだ。

「でも一人だけ、すごい人を教えるね。

省庁に勤めて退職。その後寿司屋の下働きをして、そして、機械工場で油まみれになる経験をした上で議員に立候補。一度目は落選したが、二度目で見事当選したという若手がいるんだよ。演説も国民には分かりやすいと言われている」

「うーん、すごい。ジジが褒める人がいる。その人、だーれ？」

「それは、いま言ったように、一般社会の新人の仕事、下働きを経験し、国民のために本気になって議員になった、香川選挙区の五十代の期待できる人だよ」

口先だけは、国民の声を聞くとか、国民の命を第一に考える、などと言うだけで、具体的な政策はない。ベテラン要人（老人）と言われている人に多いけど、そんな人達とは全然レベルが違うね。

「どうなるんだ。心配だよ、僕は。

君達が親になって、将来の夢（その子供達）を育てる愛が、最も大切なんだ」

そんなことを言うジジと、これからも機会を見つけ、ゆっくり話をしてお互い考えていきたい。

三、国債って何？

国債とは簡単に言うと、国家の債務、いわゆる国の赤字、のことらしい。

「ジジ、毎年国の予算を決める頃、赤字国債を不足分に発行する、なんて聞いたことがあるんだけど、どうして最初から赤字になるような予算案を作るの？

僕には、分からない。予算というのは、使ってもいい、あらかじめあるべき金額の中で立てるものだと思うんだけど。ジジ、そうだよね」

「その通り。君は生徒会の年予算を作成しているから分かるんだよね」

「民間会社の企業なら、こんな大幅な赤字は許されないよね」

「すぐ倒産するよね」

「ジジ、国だけが、なぜそれを許されるの？」

「不思議だよね、一年分の税収を考えて、予算を組む。その税収も明確に計算できないまま、勝手に各省庁が予算を取り合う。それで税収より大幅に多い予算案を作成し、赤字を毎年増やしていくんだ。この国だけだよ、こんな無謀なことをするのは」

「ジジ、毎年増えていく赤字国債は、どうなるの？」

「君達の時代まで背負い込むんだが、子供がどんどん減少していくのに、今の政府は真剣に考えてない気がするんだ」

「ジジ、日本の国は、赤字、借金はどのくらいあるの？」

「そうだね、君が考えられない数字だよ」

「ええっ、知りたい」

「今言われているだけで、君、気が遠くなるよ。

二七四〇兆円と言われている。

こんな大金、返せる訳ないよね、総理や大臣が、平気な顔をしているのはなぜなのか。自分達の生きている間は問題ない、死んでからのことは関係ないと、不届きな人間もいるかも知れない。

ただ、日本の大企業や、個人の資産家の資金を集めると、二七四〇兆円ぐらいになると言われている。

また、令和六年五月八日に財務省が発表したところによると、日本の総合金融資産は驚くよ！　九七〇〇兆円もあるのだそうだ。

そんなことが、のんびりしている理由かも知れない。

この余った金は、政府が彼らに減税をした分とも言われているんだよ」

「へえー。ジジ、国が自分達で赤字を作り、大企業、資産家の税金を優遇して帳尻っていうのを合わせているんだね」

「ジジは詳しいことは分からんが、そう言ってる人もいるんだよ」

「ふーん。だから、五、六十兆円の金が不足しているのに、一一四兆円の予算を立てるんだ。ないことだよね」

「ジジがよく政府のことを『詐欺集団』と言うのは、そういうことなんだ」

「どれだけ国民を騙したら気が済むのか、本当に心配だよ」

「君達も、大人になって働くようになったら、今の大人のように、政治について諦めたり、無関心になったりしないように、考えて欲しいな。無関心、即ち、心、愛がないと言うことに繋がるんだよ」

「なぜそう言うの？　ジジ、いつもだよね」

「日本の政治が幼稚なのは、国民の半分くらいが政治に無欲・無関心だからなのかも知れない。

だから、政治家も国民のことを考えて勉強しないから成長しないんだ」

四、僕らの未来、不安でいっぱい

「政治家は少子化社会の対策など、口先ではいろいろ、様々と口ぐせのように言っているけど、結局はいつも後廻しのような気がする。〝日本の人口が減少していくと、日本は持続しない〟。僕はある政治家の、そんなしっかりした言葉を思い出す」

「ジジ、本当にそうなの？」

「そういうことになる。何の対策も立てないと、あと十年もすると日本の人口は八〇〇〇万人になる。そうすると、働ける人間、つまり労働人口も急激に減る。

そうしたら日本はどうなると思う？

今の政府には根本的なことをまず考え、具体案を立てられる人間がいない。

自分のこと、今のことしか考えてないから、のらりくらり、ヘラヘラしているだけなんだ。

すぐに、子供達が増える方針を、いろいろ考えるべきだ。

それは国、政府が先頭に立って、今すぐにでも何をすべきか、考えないといけない」

「どう考えるの、ジジ？」

「それはね、ジジがずっと思っていることなんだけど、なんといっても、子供を大切に、第一に考えることだと思う。子供手当を二人目までは月五万円、三人目から十万円を支払うことが、端的に言えば最良の方法と思う。

単純にすると分かりやすいのに、手当の項目を増やして難しくして、時間稼ぎをしているに過ぎない。

なぜ分からないいんだ。

そしてお金は、子供自身の口座に振込ませる。ただし小学生までは親の管理とする。

中学生になる頃には自己管理が出来る、君達のように。授業料や給食費などの無料化などのわずかの支援より、根本的なことを考えるべきだ。君達が手に入ったお金を計画的に使うことも、資産を持つことにより成長することになると思う。

親離れ出来ない子は、歳を取ってもお金の管理は出来ない。それを親が見極めるのは大変だ。出来るだけ早く、ひとり立ちさせることを考えよう。

あとはね、働く人口を増やすこと。働く人が生きがいを持って成長していくことを考えたい。

今や、国や企業だけが得をする、間違いだらけの働き方改革を廃止すべきだと思う。働きたい人、技術を磨きたい人、自分の意志で働く人は成長するんだ。好きだから働くんだよ」

「ジジみたいだね」

「うん。ジジはいつも仕事が好きで、その経験を楽しみにしている。そうすると、働く人は減らないんだ。

それと、海外の若い人達、日本で本当に働きたい人を、人口密度の低い、例えば北海道のようなところで、日本語を教えながら、気持ち良く働いてもらうように政府が積極的に働きかけることだ。

と言っても、残念ながら今の中央政権では、地方のことまで頭が回らないね。

それに、政府は国籍問わずとすることが大切なんだが、いろんな国と仲良く対話ができないと無理なんだ。

政府は、中国、ロシア、韓国、北朝鮮に対し、心から謝罪するところから始めなければならない、ということが分からない。子供達には国境のないフリーの世界にすべきだと思うが、今の偏った諸国との対応では難しいだろうね」

「じゃあ無理なんだね」

「いや、ジジの考えている方法が一つある。

それは、人口密度が少なくて未開の土地や森林が多い、北海道が日本から独立すべきだと思う」

「それはどうして？」

「ジジの生まれた斜里《しゃり》は知床半島から千島列島に、国後、択捉、歯舞、色丹は、昔は日本国だったが、ソ連が一九四五年八月九日に参戦して占領したんだ。

それが戦後四十年経って、ロシアとの間で四島返還の交渉をして、歯舞、色丹の返還はほぼ決まっていたのだが、あくまでも四島を日本が主張したため、継続事項になった。

しかしその後、日本の政府はほとんど交渉をしていない。全く任せられないね。

四島の字も読めない大臣が北方担当だって。笑っちゃうね。

だから、早く北海道は日本から独立して、心優しく人なつこい道民性でロシア国民（漁民同士）と仲良くなるべきだと思う。

何よりも第一次産業がこれから伸びる場所だ。例えば〝北海国〟としよう。中央政権から独立することだ。そして北海国の法律で権限を持って動くべきだ。

産業別に北海国の指導で、ロシア、中国、韓国、オーストラリア、北朝鮮など地区別にコミュニティを作る。

大事なのは、北海国は国民を第一に考えることだ。そして自然を大切にすること。

むやみに開発をさせない。君も知っているだろうが、斜里町長の指令で、ナショナルトラスト運動を確立し、自然を活かした今、知床は世界自然遺産になっている。

決して日本の中央政権のように、金儲け主義の企業は参加させない。

営利企業が中に入ると、大国に売ってしまうことが心配だからだ。

この広大な土地は、北海国のものとして売買はしないことが前提である。

コミュニティの原則だ。

道民の力、意志、技術で、道の独立を早める。そして、守る。何よりもこの国は、世界の各国と分け隔てなく友好国になることだ。

だから戦争は起きっこない。ボーダレス、多国籍の国になるから、北海国の人口は五〇〇万人から一五〇〇万人になるのも夢ではない。

北海国は自然エネルギーも確保しやすい。

素晴らしい環境の広大な土地を持つ。

君には、ちょっと多過ぎて難しいだろう。

徐々に話し合おうね。

とにかく、他の国と仲良くなることが、将来安心であると思う。最も大切なことだよ。

ロシア、中国、北朝鮮、韓国、オーストラリアなど、世界中からの移民と一緒に働く〝北海道国〟の幕開け。素晴らしいだろう」

「ジジ、それはすごい。友達にも言ってみる。みんな大賛成だと思うよ。

地球に愛を、北海道に愛を、だね」

◆

ジジの夢をまとめます（一例ですが、北海道民に真剣に考えて欲しい）。

1、**ロシアコミュニティ**……オホーツク沿岸、羅臼から根室までの太平洋沿岸。主にロシア漁民と北海国漁民のコミュニケーションを。後々は農民同士も仲良くなる。

2、**中国コミュニティ**……中心部から北見山地、稚内までの山林の整備は、林業によって堅木木材が豊富に保護される。今までは森林を活かし切れなかった。人がいれば森林は守れる。

3、**韓国コミュニティ**……積丹半島から小樽・留萌方面の漁業を発展させる。養殖も盛んになる。

4、**オーストラリアコミュニティ**……ニセコ、登別、十勝平野にて。牧場も多く、観光地の整備。

5、北朝鮮コミュニティ……十勝平野から釧路湿原の農業の開拓。

※相手のあることなので、慎重に考えることが大切です。謝罪から開始まで慎重に相手国の意志を尊重することです。

しかし、これが実現すれば、北海国は多国籍の集団となり、他国は北海国本土を攻めてこないと思います。

本来の世界も注目する理想郷をつくることです。

五、日本の政治家は僕達を守れるの？

「ジジ、政治家って、日本を守るために、国民に選ばれた、国民の代表ということだよね。でもテレビに出てくる政治家の顔は、真剣な目をしている人は少ないよね」

「どこ見てるのか、虚ろな顔をしているね」

「僕から見たらみんな嘘つき顔に見える。人を騙して、よく生きてこられたなあと思うよ」

「大人は騙せても、子供達は騙せないようだね」

「こんな、ずるい大人になるんなら、ずっと子供のままでいいよ僕。

ジジも子供のままで大人になりたくなかったとよく言っていたんだったよね。今でもそう思う？」

「うん、自分の言ったことで、相手を責めたり悲しませたり、損得を考えたりするのが嫌だから、今も子供のままでいたかったと思うよ」

「ところで、ジジ、今の政治家でよくテレビで質問を受けている人、顔からして、ずるそうで、嘘つきが多いよね。

ジジって嘘ついたことあるの？」

「う〜ん、ある。小学三年生の時一度だけ、母さんにね。

でも、ジジの母さんは頭の良い人で、たった五分でバレてしまった。

その後、ものすごい勢いでしこたま怒られた。

〝お前みたいな馬鹿は、すぐ見破られるんだから、つき通せない嘘は二度とつくな〟って。

〝はい〟と返事するまで叱られた。

続けて〝嘘をつき通せないなら正直に生きろ〟とも言われた。

それからは嘘らしい嘘をついたことはない」

「僕はジジのそんなところが大好きで、周りの大人達と違うなあと思っていたよ。

一度聞きたいと思ったんだけれど、ジジはよく〝雑学博士〟と言われているね、どうして？」

「うーん。小さい頃から走り回ることなく、ゆっくりゆっくり歩いてきたからかな。

だからその時の情景、人との出会いが大切と思い、今でもひとつひとつを想い出せるほど、それぞれいつも真剣に対応してきたことは確かだね。

自分がどんな経験をしてきたか、どんな風にそれを自分の引き出しにしまっていくか、それが自分の歴史を形作ってくれる。

ジジは大人になっても、ずっと真剣に生きてきたから、普通の人より、話題が豊富になっているとは思う。

いろいろな経験を思い出しながら話す機会も多いので、そう呼ばれているのかも知れないね。

〝知らないこと以外何でも知っている〟、それは冗談だけど、よくこの言葉を使って笑わせたよ。

設計の仕事の上でも、他の人ができないことでも、ジジにはできると言って相談をされたりするんだけどね。結構、あとで寝ないで考えたり、苦労したりもしているんだよ」

「うーん、それともう一つ、ジジはどうして建築家になったの？　前から聞きたいと思っていたんだけど」

「うん、長くなるけど、大事なことなので話すね。

今の君達はパパ、ママにお願いすると、すぐにスマホで欲しい物が手に入るよね。

ジジの子供の頃は、物も少なく、家も貧乏だったから、欲しい物は買ってもらえなかった。

今考えると、その貧乏がよかったと思うようになってきた」

「ええ、どうして？」

「買えないから、自分で考え、工夫して、なんとか作ってみようとすることが、成長につながったと思う。

昭和二十九年、小学校四年生の時いろんなことがあった。

その年は「君の名は」というラジオドラマが大流行し、台風十五号の影響で青函連絡船の洞爺丸が沈没し、大きな社会問題になった。

その頃のジジは、おもちゃなどは絶対買ってもらえなかった。だからゲームなどは自分で作った。野球ゲーム、厚紙に力士の似顔絵を描いて作った紙相撲、ゴルフゲーム、今で言うパターゴルフだけど、小さな空き地に1~6の穴（ホール）を作って、よく遊んだよ。

花札を上手に厚紙で作ったりもした。

また麻雀牌一三六枚を厚紙で作ったが、立たせないと対戦相手から見えてしまう。そこで厚紙を折り曲げて牌が立つように加工し、相手に見えないように工夫した。タバコの銀紙でサイコロ、点棒はマッチ棒、全部手作りで、ひとりで作ったんだ」

「すごーい」

「その冬、ジジは勉強部屋の狭く寒い部屋を与えられた。勉強したこともなかったんだけどね。

知床の部屋は、冬は氷点下十度ぐらいになるんだ。寒くて震えたよ。

寒過ぎて、立ってることもできない。だから考えたよ」

「どうやって？」

「じっと天井を見る。高い。約二・七メートル、背の高さの倍はある。まず天井を低くしようと、近くにあった障子を鴨居の上に載せて、天井を一・八メートルくらいにした。その上に新聞紙を丸めて、大量に天井裏に重ねた。何か急に暖かい感じになった。

それを見たジジの母さんが、壁に古毛布を貼ってくれて、だいぶ暖かくなった気がした。

そこでまたジジの母さんが来て、じっと部屋を見回して、〝お前バカだと思っていたら、すごいな、お前間違いなく建築家になる〟って言って、ジジの知らない間に近所や町中に言いふらして歩いた。ジジから見たらとんでもない母親だったんだ。

しかし春休みになってよく考えたら、障子で天井を低くすることで冷気の量を減らす、障子の上に丸めた新聞紙は熱を逃がさない効果、壁に毛布は当然断熱材だったことに気づいた。

立つ麻雀牌は、今でいう薄板加工の軽量鉄骨メーカーと同じ理論、今考えるとね。

母さんは何も分からず、直感で建築に結び付けたんだ。

今ではすごい母さん！　と感謝するしかないね。

ただジジは、その後は自分のやりたいこと、新聞作りに励んだ。

ちょうどその頃、メルボルンオリンピックがあった。それを日本短波放送で聞き取り、夜中に鉄筆でガリ版（ロウを塗った半透明紙）に書いて原稿を作り、次の朝早く学校で謄《とう》写《しゃ》印刷をし、何枚も刷り、学年全員に号外のように配った。眠くてつらかったが、楽しかったな。

新聞は、事実を自分が思ったことを人に伝えられる。唯一の言論の自由だよ。

その頃、よし、新聞記者から政治家を目指そうと思い、政治に興味を持った頃だった。

「それで、どうして建築家に？」

「うん、大学受験の前年、ジジの義兄から、〝どこを受験するんだ〟と聞かれ、〝法学部を受けて政治家になる〟と返事したその直後、〝小学生から決まっているんだお前の道は。男は初志貫徹だ〟と朝まで説教され、自分の意志とは逆に建築の道に入ったって言うわけだ。

後で考えると、母は義兄にも言っていたんだろうね。麻雀牌立てた時の厚紙は、今でいう軽鉄の曲げ加工をするメーカーと同じだよね。寒い部屋を断熱工法で暖かくしたりしたのを見て、ジジの母は、自分の夢だった建築家にさせようとしたんだね」

「ジジにとってはよかったよね」

「そうだね、政治家だったら今まで働けなかったしね。

一言で言えないけれど、母からはいろんなことを教えてもらった。

人の喜ぶことをやれ、急がば廻れ。

住む人は心豊かになるため明るく広い家を作るんだ。

生きてるうちに頭を使え。

金、金、金と言うな。金に溺れるぞ。金は必要な時に降ってくるもんだ。

金は天下の廻り物、正直に生きろ。

正直者は馬鹿を見て、悪い奴ほどよく眠る。世の中はそういうものなのかな。

決して得はしないが、徳を与えられるはずだ」
「すごいことを教えられたんだね」
「でも、最初に勤めた設計事務所のボスにも、母と同じようなことを言われた。〝建築家になりたいのか〟と聞かれ、〝はい〟と返事した。するとボスは、〝信者と書け、それを横に並べろ。『儲』、この言葉を二度と口にするな〟と言った。

ジジは幸せだ。人生の先生がたくさんいる。

他にも、この建築設計の仕事、特に住まいの設計では、お客様の真実の〝心〟をいただくこと。大切な打ち合わせを重ねる。普段なら絶対に会えない方々と話し合い、心を込めて設計ができたのが一番勉強になった。

お客様からいろいろ教わった。こんな幸せな人生はないと思う。

最期を迎える時は皆様を思い出し、感謝し、ありがとうございます、と言える人生。これ以上の〝至福〟はあるだろうか。

ちょっと長くなったが、これから機会があったら、またゆっくり話し合いたいな」
「聞いてよかった。よく分かった。とても大事なことが」
「何が？」
「人を好きになる、人を想うということかなあ。

それと、ジジが、今の政治家と全く逆の人、と言うこと。

ジジがテレビに向かって怒っている意味が、よーく分かった。

ジジのような人が政治家になればよかったのに。さっきも話したっけ?」

「ありがとう。君達の年頃の子が、今の世の中をしっかり見ていることがよく分かったよ。頼もしいよ。

これから、大人になっても変わらず、その時の世の中を見ていって欲しい。

決して途中であきらめないで。君達若い力が日本を守ってくれる。ジジは安心したよ」

六、地球の汚染

「ジジ、地球温暖化が世界中で論議されているよね。僕は二年前に、元アメリカ副大統領のアル・ゴアさんが書いた本を読んだんだ。

難し過ぎて、さらっと目次だけ眺めたぐらいだけど。

でも、その中でも気が付いたんだ。北極の氷が解け始め、海水温が上昇し、地球の気温がますます上昇して、地球形態まで変化し、人間が住めなくなるところも増えると書いてあった。僕は地球そのものがなくなっていくのか心配なんだ」

「そうだね、ジジも心配なんだ。

昔のように、物がない時代は、今のような心配もなかったんだ。

車の排ガスもない、エアコンもない、いろいろな排気ガスも少なかった。それに森林も多く、草木がCO²を削減してくれていた。だから林業は大切なんだ。

昭和三十年代の高度経済成長期、日本国内の工業地帯から出る排煙でスモッグ注意報が出た時代も長かったし、目を痛める光化学スモッグが出た時代もあった。

でも、工場の努力があって、徐々に、東京も青空を取り戻したんだね。

ジジは一九九六年、〝少年宮・中年宮〟と言うんだが、中学生・高校生の特待生の教室と、その下にデパートのあるビル二棟、他に幼稚園の設計のために何度か中国を訪れたが、当時は、北京ですら車は少なく、自転車が多く排気ガスなど考えられなかった。

労働者の年収も、驚くほど低かった。

その後、日本の企業が中国に進出し、賃金が相当ふくれ上がった。次はベトナムとインドだと、日本の大企業は次々と安い労働力を求めて東南アジアに進出した。

どの国も当初は歓迎してくれた。それが、結果的によいことではなかった」

「ジジ、それはどう言うこと?」

「当時、その国の排ガス規制がなかったので、CO_2を出しっ放し。企業の良心があれば、これほどCO_2や排ガスが充満することもなかったかも知れない。

CO_2による地球温暖化がもたらした世界の気候変動によって、自然災害が多くなって来たのは確かだ」

「僕達が大人になって、地球に住めなくなるなんて嫌だ。本当に考えちゃう」

「そうならないように、君達が安心できるために、世界各国の首脳は考えてもらいたいものだね」

七、戦争のない世界は僕らの夢

「地球温暖化により地球は持続しない、と言われているのに。CO_2削減について世界で対策が協議されている。そんな大切な時に、ロシアのウクライナ侵攻、その後イスラエルとハマスの戦争。CO_2の排出が計り知れない」

「ジジ、なぜ戦争をしなければならないの？　こんなに建物を破壊するなんて」

「ロシアは、キエフの文化施設を破壊するなど、それで誰が得をすると思っているんだろうね。罪のない子供達が何万人も殺されている」

「本当に悲しい。ウクライナの人達が子供や家族を失ったとテレビで見て、僕は涙が止まらなかった。ジジ、どうして同じ人間同士で殺し合わなければいけないの？」

「そうだね、人間が人間を殺す。通常なら、できっこない。昔の日本軍（関東軍）は上司の命令に背くと、殺されるほど痛めつけられるということがあったらしい。上司の命令で、同僚同士で殺し合うなんてこともあったそうで、まあ人間のすることとは思えないよね。

ジジが小学生の頃、日露戦争の時に大佐だった人が僕らを集めて何度も言っていた。〝敵国に対して、日本人ほど酷い軍人はいない〟って。だから我々日本人は、謝っても謝っても謝り切れないんだよ。

だから戦争は犯罪。絶対反対しなければ。

今ではロシアの若者が、ポーランドに逃げているなどと聞いている。

現代の若者が平気で殺し合うことが、できるわけないと思う。

米軍がベトナムやイラクの戦争、アフガニスタンの問題もあったけど、兵士に対して薬を使って、正気を失わせて戦わせたと聞いたことがある。今はどうか分からないが」

「プーチンにしてもゼレンスキーにしても、敢えてなのか、平気な顔、感情を出さないで演説してるよね。そんな平気な顔ができるのなら、話し合えばいいのに」

「君の言う通り、分かり合えるまで話し合えばいいんだ。それなのに解決の糸口を掴もうともしない。まず、相手が何を考えているのかから始めればいいのに、自分の利益のことだけを主張するから、双方噛み合わないんだよ。

頭をソフトにできない。頭が硬過ぎるよね。戦争は無差別に人を殺し、莫大な歴史ある建造物を破壊し、CO²を大量に発生させていいわけがない。どうして地球を大事にしないんだろう。

こんな人間達が国の代表。困ったもんだね」

「大人達は地球の破壊をなぜ急ぐの？」

「戦争は絶対良い訳ないのに、日本の政治家も何も考えてないいんだね」

「でもジジ、日本は戦争を放棄しているのだから、仲裁する国として最も適しているよね。

どうして総理や各大臣が戦争を停止するメッセージを送らないのかな。日本人も絶対反対できない理由が、やっぱりあるんだよね」

「君はすごいね、ある程度理解しているんだね。

ジジの考えも後で話すけど、君の思っている通り、日本国として当事国に命を張って、真剣に対話の席につく。総理や首脳陣にそんな度胸があるといいんだが。

相手はそれほど思ってないのに、日本だけが同盟国と考えている、アメリカや韓国に遠慮し、理由をつけては物怖じしているどころか、結果的には戦争の協力になるようなことをしている、今の政治家では無理だね」

「ジジ、日本は絶対戦争をしないよね。

ロシアとウクライナはなぜ戦争になるの？」

「難しい問題だね。今から二十数年前は、ロシアもウクライナも、ロシアの周辺の小国も一緒の国として、ソビエト連邦という共産圏の大国だったんだ。

ソビエト連邦で最も平和主義といわれたゴルバチョフは親日派で、来日して講演したり、北方領土の返還の約束を期待させるような、根室漁民とテレビ電話をしたりするほどだった。

ジジは、ゴルバチョフの講演を直に聴きに行ったりして、ものすごい人だと尊敬し、大きな期待もした。特にゴルバチョフが聴衆に語りかける笑顔は、忘れられない」

「へえー、今の世界の政治家と全然違ったんだね」

「しかし、ゴルバチョフは自国に帰った後、経済の不安、ロシアの隣接諸国の統率が取れず、ソビエト連邦は崩壊したんだ。

その後、ソビエト連邦から多くの国が独立したんだ。その一つがウクライナだ。最も歴史があり、文化、芸術があり、何より穀物や他の産業も豊かな国なんだ。

ロシアからしたら、この国を掌握したい気は分かるよね」

「プーチンだって日本が好きで、僕が小さい時、日本で柔道をやったり、日本の犬をもらったりしてたのをテレビで観た。いい人だと思っていたよ」

「それでもみんな、トップになると人が変わるんだ」

「そうだね、最近の日本の総理も、どこ見てるか分かんないよね」

「日本人は昔から〝互譲の精神〟と言ってね、まず相手のことを思い、それに沿って自分の意見を言って、相手に理解してもらうという国民なんだ。しかしそれほど素晴らしい心を受け継ぐ日本人がいなくなったんだ。どういうわけか与党の上層部になるにつれ、金と票のことしか考えなくなるんだね。

同じように世界の首脳者達も、偉くなったら自分のことしか考えないということかな。表向きは、話し合ったり、相談したりしているようだけれど、結局自分の主張をするだけで、お互いの立場に立っていないから、戦争を止めようとしないんだね」

「イスラエルとガザのハマスもそうなの？」

「あれは宗教の違いと言ってるが、第二次世界大戦の時に、ヒトラーがユダヤ人の全滅を企んだ、その怨みが、今のイスラエルにあるのかも知れないね。武力でイスラムをガザに閉じ込め、ハマスを認めない。今は、その方が問題だと思うね。

ロシアもイスラエルも、中立国として仲裁に入る国が出てこないと、解決しないね」

「ジジ、日本は戦争をやらない国だから、行けばいいのに。仲裁に行ける国でしょう」

「そうなんだが、命を張るような度胸のある政治家が日本にはいないからね。

そう言えば、今から五十年ほど前、日本航空よど号が赤軍派を名乗る九人にハイジャックされた。その時、山村新治郎議員が一人身代わりになって、人質の乗客全員を解放するため、北朝鮮まで行ったということがあった。ジジは、勇ましい人だったと今でも思い出すよ。

残念ながら一九九二年、親族に刺殺されてしまったそうだが。

そう言えば、君のババの九州のおじさんも二人、漁をやっている時に一人は北朝鮮に射殺され、一人は連行され、一年後に帰って来たけれど、早くに亡くなった（一九七五年、松生丸事件）。北朝鮮はいい国で、よくしてもらったと生前言っていたらしいがね。

言葉の問題もあるし、相当ストレスがあったと思うよ。

どちらにしても、誰かが真剣に話し合いの場を持たないと、戦争は終わらないよね」

「何があっても戦争の犠牲は大きいと思う」

「戦争は絶対いいわけないのに。日本の政治家も何も考えてないんだね」

「日本は戦争放棄しているのだから、仲裁する国として最も適しているよね、ジジ」

「憲法九条のことを言っているんだね。でも、それを今の政府、内閣は、全く無視しているんだ。国民の命を守るのは防衛費ではないのにね」

「総理や大臣が戦争を停止するメッセージを送れないのはなぜ？　日本政府が戦争を絶対反対とは言わない理由、ジジ、やっぱりあるんだよね」

「君はすごいね、ある程度理解しているんだね。

君の思っている通り、日本国として独自に、当事国に命を張って、首脳、総理・外務大臣が、真剣に、対話の席に立てる度胸があるといいんだが、残念だ。

さっきも言ったけど、相手はそれ程思ってないのに、日本だけが同盟国と考え、米韓に物怖じして、協力までしている今のふぬけでは無理だね」

「そんな世界の子供達を殺し悲しませて、大人達は何を考えているの？

戦争のない世界が夢のまた夢だなんて、僕達、あまりにも悲し過ぎるよ」

八、日本国憲法

「今、議員の中で、憲法を変えようとしているのはなぜなの？」

「安倍総理の時は、大きく取り上げられたけれど、今は少し下火になっているね」

「ジジ、憲法っていったい何なの？」

「うーん、一言では言えないけれどね。

日本国憲法を読んだことあるかい？　全部で一条から第一〇三条まであるんだけれど、全て覚えるのは大変だし、意味がない。憲法は必要な時に、自分で調べられるといいね。

君は前文をよく読むぐらいでいいと思う。

明治の大日本帝国憲法も、ある程度参考にしているが、日本国憲法は、あくまでも主権は国民であり、基本的な人権は守られることが記されている。

二〇二四年から一万円札の「顔」は渋沢栄一に変わるが、その前の福沢諭吉。彼は慶応大学の創始者で、いろいろ教訓（心訓）がある。そのうちの一つ、〝天は人の上に人を造らず、人の下に人を造らず〟、素晴らしい言葉だろう。

アメリカ十六代大統領リンカーンの言葉〝人民の人民による人民のための政治〟。憲法とは関係ないが、民主主義の原則。目的がはっきりしている」

「ジジの好きな政治家だね。誕生日が二日違いと言うこともあるしね」

「今の総理や大臣に少しでもそんな気持ちがあるといいのにね。

あとね、日本国憲法の〝第一章　天皇　第一条　天皇は、日本国の象徴であり日本国民統合の象徴であつて、この地位は、主権の存する日本国民の総意に基く〟、この辺が、戦前の憲法と大きく違うことだね」

「ジジ、それと憲法九条を変えたい自民党、そして守りたい社民党・共産党。〝九条を守る会〟などもあるよね」

「〝第二章　戦争の放棄〟のことだね。第九条は特によく読んでおくべきだね。

変えたい人間は、現憲法はアメリカに押し付けられたものだと言うだけで、憲法とは何かを、あまり考えてないようだね。

もちろん現憲法は、マッカーサーを始めとする米国が、戦前まで軍国主義だった日本を民主主義国家に導くために作られたものだが、草案は日本人が提出したんだよ。

特に九条は、第四十四代内閣総理大臣の幣原《しではら》喜重郎《きじゅうろう》が発案者とも言われている。

大事なことは、簡単に書くと、日本国民は国際平和を希求し、戦争と武力による威嚇・武力の行使は、国際紛争を解決の手段としてはいけない。それを永久に放棄する。そして陸海空軍その他の戦力はこれを保持しない。国の交戦権はこれを認めない。

これを読んで、考えることあるよね。

政府は、この九条に限ってでも、変更しなければ、兵器を輸出したり、戦車やその他の関連品部品を造らせたり、輸出することはできない。戦争しないのだから、戦闘機に相当な予算を費やしているのはおかしいと思う。それを国民、特に子供達に回すべきだ。ジジの考えだが、日本国は非戦国、中立国として世界に発信し、全世界の国と友好国になることが大切だ。

バイデン米国大統領と密約し、岸田総理は何も考えず大変なことをしてくれたが、中国や北朝鮮の軍事力・防衛費には歯が立たない。

具体的なことは何も言えないのに、国家予算では把握できない金額を約束した。カジノでも、万博でも、国立競技場でも、計画が杜撰だ。何も考えていない」

「防衛費増額で、岸田総理は国民の命を本当に守れるとは思っているのだろうか」

「国会で質問に立った石破氏が、〝ミサイル攻撃で国民の命を守れますか。核シェルターの普及率が、世界の国は平均で一五〇〜二〇〇パーセント、韓国などは三〇〇パーセントあるというのに、日本はわずか〇・〇二パーセント。これは考えなくてはならない〟と発言した。それを聞いて議員たちは大拍手だったが、後で考えると、これは何かあるな、と感じた。

軍事力を強めたり、日米韓等の合同演習を行えば行うほど、ロシア、中国という大国と、北朝鮮との結束がますます強まるということが分からないわけないと思うんだけどね」

「僕だって分かるよ」

「そうだね、日本は戦争を放棄しているのだから、平和的な外交をし、戦争の中止を促す国にならなくてはいけないのに。

平成の天皇、今の上皇様が退位された頃、このように仰った。

〝国民の象徴として道半端、後に譲ることも必要です。平成の時代に戦争がなかったことに安堵しています〟

この言葉でジジは涙が止まらなかった。

当時は安倍総理だったね。岸田総理は何の感情も起きないのかな、おかしいよね」

「ジジもそう思う？　今の世界を考えたなら、戦争を止めさせて、世界がおだやかに、平和になることを祈りたいよね」

「そうだよ、君達のその精神を、大人達が無関心な分、日本国民に伝わるようにして欲しいね。

もう一つ言っておく。

広島、長崎、沖縄に行くことがあると思う。

その時、戦争がいかに悲惨で、原爆の被害に遭い、今でも苦しんでいる人がいる、と説明してくれる語り部の方達がいると思うけど、彼らは最後、絶対に戦争をやってはいけないと言ったことはない。それはどうしてだろうか。

今の政府が、〝戦争絶対反対〟と言えないからなのかと思う。

今でも日本の大企業が戦争関係の兵器、またはそれに類した部品を輸出し、円安で、かなりの利益を出している。戦闘機や弾薬など輸入もしているためか、日本は絶対戦争反対とか、核兵器廃絶を訴える中心にもなれない」

「平和を望まないでどうするの」

「日本は唯一の被爆国だから、声を上げないのはおかしいよね。

君も知っていると思うが、八月十五日が終戦記念日になっているよね。

ジジの誕生日は昭和二十年二月十四日なんだけど、本当はその日が終戦の日になるチャンスだったんだ。

太平洋戦争が始まった時の総理大臣、近衛文麿は御前会議で、天皇に上奏文を提出するように頼んだんだ。〝敗戦必至なので、無条件降伏をすべき〟というもので、それが天皇の目に触れたら終戦になったはずなんだが、一人の独裁者のため、天皇の目に入らなかった。

だからジジの終戦は昭和二十年二月十四日になっているんだ。

もし、その日に戦争が終わっていたら、三月の東京大空襲、四月の沖縄戦、八月の広島・長崎の原爆もなかったんだよ。

原爆は人類最悪の行為。これを、日本の政府、議員、そして全ての国民がずっと認識していく必要がある。真剣に考えている人は少ない。
次に世界戦に使おうものなら、地球が消滅するだろう」

九、僕達はもう黙っていられない

「今まで、いろんな話をしたけれど、まだ何かあるんでないかい？」

「うーん、まだまだいろいろ言いたいし聞きたいけど、あり過ぎて分かんないぐらい」

「ではひと休みして、今度ゆっくり話をしようね」


それから一週間後。

「ジジ、何かまとまりのある話ができないんだ」

「仕方ない、君は中学生だから勉強してればいいのだと、他の両親のようなことは言わないよ。君達の年齢では、事実を本当のことを考えて発言できる。ジジは本心を知りたい」

「じゃ、ジジに聞いてみたい話をするね。

去年の十一月から、テレビや新聞で盛んに報道されている。ジジとも一緒にテレビも見たよね。

その時、僕は思ったんだ。毎日のように、人は違うけれど、ズルそうな嘘つき顔ばかりが画面に出ている。そして誰一人はっきりものを言えない。言い訳ができないし、謝ることも分からないんだ。不思議だと思う」

「パーティー券を売って裏金を作った連中だね」

「ジジ、裏金って騒いでるけど、なに？」

「派閥が主催する政治資金パーティーで集めたお金の一部を、報告書に載せないで議員に戻したり、議員が派閥に納めずに自分の懐にしまったりしていたことが分かったんだ。普通の企業がやったら立派な犯罪だよ。働いて受けた所得でないので申告書に記入しなくても分からないと思って税金を払わない、それは脱税行為なのでやってはいけないことだよ。ジジ達は毎年相当税金を払っているから、余計に腹立つんだ。

岸田総理も派閥のパーティーで収入があるが、この問題が報じられてから、慌てて派閥の長を外れた、最もずるいと言うより、卑劣な行為なんだ。二階派からも、大臣二人が真似をして、派閥から外れて逃げようとした」

「僕もいつも気になる、ツラーッとした顔をして悪そうに見える。大嫌いだ」

「どうして自民党だけが、お金を欲しがるの？」

「それは選挙にお金がかかるからだよ。だからパーティー券を売って、二万円をガンガン集めるんだ。買う方は自分達に有利な法案を作ってもらいたいから、出席しなくても平気で二万円を払う。きっとその見返りがあるんだろうね。

だからお金を集めやすい。そして余ったお金は丸々ポケットに入れて脱税する」

「そんな人間、みんな逮捕しちゃえばいいのに」

「それも簡単にいかないんだ。本人が渋れば渋るほど、警察の偉い人は政府とつながりがあるからなのか、うまくいかないんだ。

裁判もそうだよ。地裁で有罪になったとしても、最高裁は長官を総理が決めるから長引かして不起訴になるケースが多いよね」

「立憲とか社民・共産の議員は、お金に関してはクリーンな印象だね」

「大企業とかお金の出せる人達と付き合ってないからね。会費も五〇〇〇円から一万円ほど。ホテルなどの会場費でほとんど使うから、余る金がないんだ。

だから選挙の資金もないし、有名人を比例区で公認したりする金もないので、いつも伸びないんだね。

それでも一九八〇年前後の日本社会党は、労働者の代表で労働組合の後押しがあり、四十パーセントの議席を取った時代もあったんだ。

ただ、ジジから見て、あまり頭がよくないのかな、もとい、純粋な政治家が多いから、党内で考え方が違うとすぐ分裂したりしてね、中高生時代から応援していた党だったので残念に思っていた。

中曽根総理から小泉総理の間に、国鉄や専売公社、郵政省やらが次々と民営化され、労働組合がなくなって、社会党系の政党は応援団体を失った。

選挙近くなったら、議員の顔付きポスターを見てごらん。圧倒的に自民のポスターが多いことに気がつくはずだ」

「お金もないし、組合もなくなって、これじゃあ絶対選挙で勝てないよね」

「だから、君達のように、最初から諦めず、本気になって日本を、国民を守る政治家を見出し、あるいはそれを目指す人を育成していってもらいたい」

「ジジ、聞くけど、今警察の取調べを受けてしょっちゅうニュースに出ているようなとぼけた人は、さすがに次の選挙に出ないよね」

「それが違うんだな。そういう、いわゆる〝灰色候補者〟は、選挙になるとコロッと人間が変わったふりをして、反省し、心を入れ替え初心に戻ったとか、あらゆる言葉を、メディアを使って、声を大にして訴えるんだ。

それに騙される選挙民も選挙民だけど。

判官《ほうがん》びいきという言葉があって、不遇な者や弱い者に同情し、肩を持つことなんだけど、反省しているなどと言って自民党が危機感をあらわにし、地元に帰って土下座でも何でもする人間が、同情票を集めて当選してしまう」

「ジジ、それはないよ。悪いことをしているのにそのまま議員だなんて、僕達の生徒会では絶対あり得ない。大人は騙せても、子供ははっきり覚えている。絶対騙されないぞ」

「子供達は物事を正確に捉えているね。鋭い目で善悪を区別し、大人達を見ている。

利害関係を持たない純粋で正直な判断ができる。君達に未来を委ねることが、日本を守ることになると思うよ。

今の世の中で、率直に現実に目を向け、自分で判断できる素晴らしい子供達がいることがとても嬉しい。

未来の輝かしい夢を、本気で守り切ってくれる政治家を見出せるよう、期待したいな」

十、二〇二四年の幕明け

新年が明けて、のんびりテレビを見ていたら、驚いた。

能登地方に大変なことが起こったね。一年が始まったばかりで被災者、気の毒だよね。

「ジジ、火災や津波で家に住めなくなった人が多くて可哀想だね」

「本当に気の毒だね。

元日を迎えてその夕方、十六時六分と十六時十分、大地震が起きた。あの地域の活断層を見落としたと発表をしたが、そしてその謝罪はない。

ジジは、地震警報からずっとテレビに釘付けだった。珠洲市の様子が長くテレビに映し出され、街並みがきれいな印象を受けた。車も見掛け、人も歩いていた。

速報直後から、大津波の警報が広範囲に発令され、地元能登に対しては、アナウンサーが〝逃げろ逃げろ、何も持たず逃げろ〟と絶叫していた。テレビで聞いても怖さを感じるほどの大声。女性アナウンサーの絶叫だった。

国や政府は、デジタル・ＡＩとか自分達の利便性を考えるだけで、今回の災害に何の役にも立たない。

このような時は早急に初期始動を具体的に示すべきだ。

今回も具体的にすぐ逃げるところもない、今回の女性の声は非常に恐怖心をあおるだけで余裕を与えなかったに違いない。

今日まで、経済・文明だ、デジタル・ＡＩなどの利便性だけを急いだんだよ。

全てが便利になるのは、ジジは良いとは、思わない。

人間が生きていくために、何が必要か。それは人に対する愛が大切だ。

そして手足を動かし頭を使って、すこしは立ち止まることも大切だと思うんだ」

「どうしてそれができないの？」

「世界各国との競争意識が強過ぎて、協力ができなかったと思うよ。

競争より、国同士の欠点を補いながら、協力し合うことが必要だったんだ。世界の偉い人、指導者は自分の立場だけ考えて保守的になり過ぎる気がするね。

戦争だって、庶民、市民、国民のことを考えないから起きるんだと思う。

総理になったら、何でも口から出任せで、失敗したと思っても、言い出したら後には引かず国民に押し付ける、とんでもない。メディアも同調するから困る。

国民の代表になるべき人が総理大臣にならないから、国民が最も大切なことが分からないんだと思うよ」

「ジジ、いつもいろんなこと考えてるよね」

「うーん、国がすぐ動いてくれないからね。全く庶民の意志を聞く耳がないね。

地球の環境を変える、というより、以前の姿に戻していかなくてはならない。

まず気温を下げようと思う、夏場など、アスファルト道路は表面温度が六十度になることもあるんだよ。

舗装の色も、黒から熱を吸収しない色を散布するとか。また透水性舗装を施し、十〜十五センチの中に水を止め、気化熱で地面の温度を下げるなど、方法はある。

井戸水が豊富なところは、側道側から浸水させる。また住宅地は屋根、屋上から井戸水をかけて敷地全体を冷やす。

家の屋根には太陽光ソーラーパネルを設け、直射日光がさえぎられるから、最上階の住宅も涼しくなる。

場合によってはそれで電気が賄える。

住宅は基礎を頑強にし、地盤面を一体にすると地震の影響を受けにくい。また、住まいの一部を地下室にする。地下は定温定湿だからエアコンの使用も減る」

「ジジ、先日の能登地震、一年が始まったばかりで、気の毒だよね。ジジ、火災や津波で住めなくなった人も多く、可哀想だね」

「本当に気の毒だね。

ジジの夢は、このような時に大活躍するシェルター、つまり一定期間、安全で安心して暮らせる頑強な建物を造ることなんだ。できれば全国的に造る運動をしたい。

地下室と言っても地面を掘るだけではないんだ。地盤面の弱いところを調査し、そこに石や砂利を敷き詰め、広く小高い山にして頑丈な地盤を作り上げる。

そして強固な地下シェルターを造る。

そのあとに地盤を固めながら、その上に三、四階の建物を造る。

地方自治体が住民のための地区会館とか役所の出張所として、利用できれば最良と思う。

そして上はシニアの住宅。クリニック付きだ。

金儲け主義の大手会社とは組まない。これからは住民のために考えなければならないね」

「代々木公園がリニューアルするらしいけど、地下に避難民を受け入れられるシェルターを造れば、賛成する都民は出てくるよね」

「超高層マンションは、高さを競い合うだけで、住居やオフィスにはそぐわない。売名行為の、危険な超高層建築の時代は、地域環境も壊し、終わりにすべきだ

都庁や横浜市役所など、高層の建物は、都・市民にとっては怖さを感じるほどだ。中型の地震で建物は一・四メートル横揺れするらしい。エレベーターは止まり、避難ができない。超高層建築の終焉だよ。

また、東京都庁は、プロの中では磯崎新《いそざきあらた》の設計でほぼ決まっていた。都民の憩いの広場を数多く取り、その中には三階建ての庁舎。都民のための素晴らしい環境のはずだった

のが、突然、丹下《たんげ》健三《けんぞう》が出てきたのはなぜか。有楽町の元第二庁舎が最悪だったのにね。公共建築物の決定は予算オーバーで、税金の無駄使いが目に見えてるのにおかしいよね」

「ジジ、最後に、一つ聞いていい？」

「いいよ、何でも。でも分かることかな？」

「うん、どうして政治家が偉くなると、悪いことをするの？」

「今までいろいろなことを話したよね。

人に愛を注ぐと言えば、普通は分かるはずだけれど。政治家の中には、目標を持って、しっかり地に足をつけて、国民のために心血を注ぐことを惜しまない立派な人もいると思う。

ただ、昨年から、テレビや新聞を賑わしている政治家。もちろん一部の人ではあると思うけど、悪人が金儲けのために政治家になっていると言っても言い過ぎでない。

そんな政治家に、日本の国民の命は守れるのだろうか。

君達の真剣な目、その目で政治家達を厳しく見続けていくことが日本を守ることになるんだよ」

「ジジ、よく分かった。政治家の中から、いい人を見つける」

「子供達は、真剣によく見ていると思う。

その目で見続けていくことが、日本を守ることになるんだよ」

「これから、僕達はどうして生きていけばいいの？」

「それはね、みんな仲良く、愛情を持つこと。人間が生きていくのに最も大切なことだよ。

自分以外を愛するということは、好きだ、嫌いだということではない。

アメリカは好きだけれど、ロシアは嫌いなんて言ってられない」

「ジジ、分かった。でもどうしてこんな世界になったんだろう」

「今の政治家は、考え方が片寄り過ぎているんだね。

余裕がないので、自分のことだけで精一杯、他人に対する愛情を持てないんだ。

君達なら、全体を見通し、相手を敬い、仲良く、みんなに愛情を持つことができる。

そしていつか世界に平和をもたらしてくれるだろう。

今の天皇陛下も、いつも平和を望んでいらっしゃることは常に仰る言葉だ」

「ジジ、まず戦争廃止。平和な世界を目指したいね」

「愛こそが、これからの地球を救ってくれると思うよ」

十一、世界に翔《はばた》け子供達、そして愛を

「ジジは中学生の時、〝郵便友の会〟という、全国の中学校と手紙の交換をし、親睦を深めるというものに入会しようと生徒会に提案した。

同じ時期でも北海道と鹿児島では全く季節は異なるし、方言の研究も面白いのではと思ったんだが、学校側が渋って、二年間運動したが実らなかった。

〝音楽に国境はない〟と言って、マエストロ井上道義《いのうえみちよし》がロシア音楽の演奏をしている。二〇二四年に引退するので、ジジはいま、彼のすべてのコンサートに行っている。札幌にも、大阪にも出掛けているんだ。

そのロシア音楽を聴くと、涙が止まらないんだ。ロシアの国民性は改めてすごいと思った。大事にしたい。ロシアの国民は、決して悪くはない」

「ジジ、そうだね。文化、芸能、またスポーツも国境はないよね」

「そう。そこで君達が国境を越えて世界の子供達と親交を深めてもらいたい。それこそ得意のネットでどこへでも発信し、全世界の子供達が一つになる」

「ジジ、すごいことだね」

「子供達によって戦争が終わるようにしたい」

「出来る、出来るとも。そうと決まったらジジと同じ。即実行だ」

◆

子供達の純粋な愛が、日本を、世界を救ってくれる。
大人達はこのような素晴らしい子供達を大切に。そして愛を。

あとがき

僕（ジジ）はいつも、講演・講習会などで冒頭「人は何のために生まれてきたのか、それは愛のためである」と聴衆に話し掛ける。

最近は私の孫の世代、小学校高学年、中学生の子供達がその思いを一番理解してくれているように思う。

今の大人に、今の国に、政治家に、国民に対する愛があれば、こんなに苦しむ庶民が増えるわけがないし、そして世界だってこんなに荒んだことにはならなかっただろう。

善人でさえ、戦争に駆り出されると人格が変わって、平気で人を殺す。戦争は絶対NOだ。

ここで人のため、愛は見返りを求めない、裏切らないという、それほど美しい実話を記したい。

孫から祖父母、そして実父母の同一結婚記念日。二組のブーケのプレゼントを受けた時のことである。

昨年は、箱根のホテルでディナーを終わろうとしていた時である。

「今日も美味かったね」

ホテルの担当が、二つの花束を持ってきた。

サービスが行き届いていると思い、礼を言った。が、違った。それは孫が私達祖父母と両親に全く気づかれないように、二組の結婚記念日を祝って用意してくれたものだったのだ。

大人達はなぜ気がつかなかったのだろう。

「二日前、上り、六駅行ったところで、花束を買ったんだ。

一日前、パパが送迎してくれるので、バッグやコートでそっと包み込んで、何食わぬ顔で車から降り、誰も気がつかないように学校のロッカーに仕舞い込んだ。

当日はママも助手席に座って、車の中でも工夫して決して気づかれないように、普通にするのが大変だったんだ。

ホテルに着くと、大人四人がドリンクサービスなど受けている間に、フロントサービスに頼んだんだ」

何の素振りも出さない、その然りげない行動は愛そのものでなければできないことだ。

パパとママも、なぜ気が付かなかったか、聞いたことに対し、淡々と語る口調に真の心を受け、みんなして涙した。

そして今年の結婚記念日。一月十四日の前日のことである。

昨年から僕が段取った。僕がこれは追っかけをしているピアニストの松田華音《まつだかのん》とN響の室内楽を聴いて、今年はホテルも車も利用しない。皆同行動。

「歩きだから、大人はお酒が飲めるよ。みんなで一緒に歩いて行こう」

音楽を聴いてから、電車に乗ってレストランに入る予定にした。

予定通り、電車と歩きで身軽にレストランに到着。

そして食事が終わった。

デザートの時間、その皿に〝祝　結婚記念日〟とある。

予約した僕は何も伝えていない。「えっ」と声を上げる。

ちょっと上に目をやると、二つのブーケを持った係の人が、「おめでとうございます」と言って、それを孫に手渡した。

みんなは驚いて孫の顔を見ると、孫はにこにこしながら、

「ジジ、ババ、パパ、ママ、おめでとう」

ちょっと得意顔になっていった。

「えっ、どうして？　今まで一緒にいたのに」

感謝、感激も沸騰し、涙を止めるのに必死。全員顔が歪んでいった。

ママが「どうして」と、顔をくしゃくしゃにして、涙声で言葉にならない。

本人は淡々と話し出した。

「車を使わないことが二日前に分かったんだ。ブーケは前日、学校帰りに作ってもらった。パパの車のトランクに、他のバッグと一緒にそっと入れた。

次に、行ったことないレストランなので、ネットで調べた。ジジから自宅を午後二時に出ると聞いていたので、まずパパの車からバレないようにブーケを取り出し、二階に上がる階段の途中に勝手口があるのを思い出し、とりあえず、誰にも分からないように隠しておいた。

当日はちょっと大変だった、十二時頃、電車に乗って、店の開店時間に合わせてブーケを持ってレストランに行き、記念日を伝えて頼み込んだんだ」

大人の自分達だったら、絶対に気づかれないためにいろいろ工夫し、考えたかを力説したと思う。しかし孫の話はどこまでも淡々とした口調。何事もないように、然りげなく「花束を渡したかったんだ」と。

こんなサプライズがあるのだろうか。

驚き、感動が最高潮に達した時、一瞬のきらめきが、真実の愛に変わる。

感謝。これ以上の想いを話さずにいられない。

あとがきに追加したのである。

今、想い出した。

彼の曾祖父は、目も耳も不自由で、腰も九十度近く曲がっている、全くの障がい老人だ。

そのとき彼は電車に腰かけていたのだったが、突然立ち上がり、「いいから座りなさい」と、妊婦を座らせたのだった。

周りの乗客は目を見張った。

最近は二、三十代の若者が平気で優先席に陣取っている。

しかし、小学高学年と思う子が、僕に近寄ってきて、席を譲ってくれた。

若い小・中学生に日本の美・互譲の精神が残っているんだと、少しほっとしたことがある。

この子達が日本を救ってくれることを！

著者プロフィール

田　龍太郎（でん りゅうたろう）

産地 北海道知床　斜里町
生誕 昭和20年２月14日（自分だけの終戦日）
「健」築家
人のために50数年
東京建築士会所属
インテリアプランナー
応急危険度判定士
■著書
『日本を守るのは国民の英知・想・そして愛』（文芸社、2021年）
『郷愁　こころの愛、真実の愛』（文芸社、2022年）
『仁と闇　親父のけむり』（文芸社、2023年）

田　龍彦（でん たつひこ）

2008年　神奈川県生まれ

子供達に夢を、そして愛

2024年９月15日　初版第１刷発行

著　者　田 龍太郎　　田 龍彦
発行者　瓜谷 綱延
発行所　株式会社文芸社
〒160-0022 東京都新宿区新宿１－10－１
電話 03-5369-3060（代表）
03-5369-2299（販売）

印刷所　株式会社エーヴィスシステムズ

ISBN978-4-286-25674-0